U0122551

木芙蓉

目錄

第一輯：你是我最後的傘

第二輯：五更天

第三輯：北區公園散步有感

第四輯：木芙蓉

你是我最後的傘

第一輯

起點

——一九六二年，父親帶著八歲的我從澳門偷渡來港。我們「登陸」之處就是南生圍。

踏足香港時你是我們腳下的第一片土
不大可靠似的。他們叫你做南生圍
當海水漸漸硬起心腸演變為陸地
偷渡客也對他們深愛的過去
硬起心腸，空拳赤足
硬化自己的人生
奔跑於你這天然大碼頭
招潮蟹和彈塗魚移動的背上

那逃亡的男人和他年幼的女兒
並沒有心情向你說謝謝
他背著她，只想盡快跑進
城市的中央

■

許多年後，那個男人
從市區回來時已經年老
他選擇以你做起點的人生
漸漸走到了盡頭。盡頭，也不過一條
短短的西鐵線其中一段的站口
但他沒有後悔。他的女兒如今為他寫詩
他來郊遊、吃東西、看小兒子於此買房子
他說，一切都是值得的。只要孩子

都找到幸福。然後
他在市區的醫院匆匆離世
只留下零碎的話語：元朗
有一家賣花生的很好
從市區去，三十分鐘巴士就到了

二〇一八年三月十二日

不再可以送禮物給媽媽了

——記二〇一八年母親節

不再可以送禮物給媽媽了
也無法為她做一頓飯
叫媽媽的時候再沒有回應
也不能鼓著臉生她的氣
節日只剩下個多小時
應該與我無干
那麼為何仍會難過呢？
掛念媽媽。喜歡媽媽
喜歡她戴著眼鏡的樣子

喜歡她斜梳的劉海
英氣上揚的眉毛
媽媽不知道
那個小女孩在所有小節上
都要像她，都想學她
媽媽鍾情灰色
她也喜歡
媽媽堅持樸素
她也不華麗
媽媽教書
她也當老師
媽媽不愛囉嗦
這一點她卻做不好
整天都埋怨媽媽你真偏心

偏心妹妹，偏心弟弟
總之不是最愛我
但媽媽，如果可以
換回這樣的日子
我寧願變回小時候
什麼都聽你的話
只要你在就好
你就緊抱弟弟吧
把妹妹放在你的被窩裡
我會睡在你的床邊
只要我在夢裡叫媽媽的時候
你能清楚聽見
說一聲哎
就好了

二〇一八年五月十三日

那個美麗的女子

——給已經離開我們十三年的母親

母親，我們本可平等地對話
但你不肯等我走到你當日的年紀
就留下臥床的背影離開了
而那是時間無法包容的
總要在某個深夜
在心之牆壁，凸顯成頑固的浮雕
母親，你為什麼不肯消淡
如我童蒙的種種記憶

我總看見，你攜著一個少女
掙扎著老去。我懂得，你如何
終生維護著越來越模糊的她
白而細是你不馴的鬢髮
一天比一天堅強和綿密
把她封印於你急促的晚年
但我認得她，母親
認得那個美麗的女子
在我出生之前已經認住了
母親，你怎麼可以容忍自己
從那襲樸素的旗袍走出來
走進那些黑沉沉的老人衣褲
走進那些腳腫的人才穿的羊皮鞋
走進那單程而無窗的列車

它緩慢，人人都走得上去
它飛馳，沒一個下得來
它是那麼長、那麼長
長過所有的月台
我看著看不透的列車
已經接近它的某一個入口了
但母親，如今的我知道
你總是年輕的
就如我知道自己的年輕
我還知道，母親，列車上沒有老者
只有天窗承接大片的陽光
如水穿透少女的頭髮
在那裡，你必又一次看見
我英俊的父親

和你自己

二〇一八年四月十五日

你是我最後的傘

你是我最後的傘，父親
丟失以後，我就得面對一切天色了

■

我記得你很老的時候
淩亂的模樣，殘酷的模樣
沒有肌肉，用盡力氣拿起杯碗
卻堅持要喝最燙的茶

皮紋一粒一粒的擠在手背
想好好攤開，卻盡都折皺如豆
血管浮得太出，用來插針嘴

▪

我記得你很老時候的模樣
你卻記得我最年幼的樣子
扁鼻子，翹起的鼻頭
想睡的時候，你說
眼珠往鼻尖定住
喜歡安靜發呆
蠢蠢的小女孩
我其實很想問你
看著我變成四十歲，五十歲

甚至六十歲，是怎樣的尷尬心情？

▪

我嘗試回憶你的三十歲，四十歲
啊，即使是六十五歲也好
但我的眼睛回不去
回不去那些比較利落的線條
它們總被取代，被更後來的你取代
被告別之時護士掀開的白布之下
那個你取代

▪

幾十年的重疊
我們一同看過很多東西

心裡卻沒多少
相同的重點或關懷
我知道你的孤單
你把我交託給世界時
那種孤單

▪

你是我最後的傘，父親
你走後，我就變成
家裡最老的人了
我看見自己
凌亂的模樣，殘酷的模樣
漸漸有了須要交託的感覺
孤單，原來代代相傳

卻無法折半，或分擔

二〇一八年三月三日

不再離開

褐色茶几上有剪過的報紙，免費的
印花、優惠旅行廣告和劣質專欄
恰恰把玻璃的反光擋住
茶杯添滿，水不斷地加熱
露臺上一個傾斜的拖把
在仙人掌旁結焦

▪

像一列久未到站的火車

正一輪一輪地翻輾
經過砂石的曠野
還是已經停住在曠野？

▪

顫動是前進的證明
還是手指和幾張報紙的角力？
妻的身影在小小的睡房
和廚房中間挪動
一直扶著什麼
直到她昏迷而醫生說
這就是了，她和兒女
並兒女的兒女
像幾件衣服從竹竿滑下

■

折疊成放在床頭的行李
意味著到埠或出發
列車在奔走
軌旁的石頭是黑色的衣箱

■

扣子和鈕門緊緊抱合，拉鍊扯上
飛行中裹存著燒過的記憶
遠方的風景卻不肯遷移
石頭漸漸堆疊成山

■

荼斟到杯沿以外
列車亦如已乾的衣服
脫離沉重的竹子
撕開封條一樣
把軌道拉走

▪

廳裡，貓走過
像影子切入狹窄的陽光
然後蹲在那裡
不再離開

二〇一五年九月二日

秋節

像一盞古老的鎢絲燈
偏黃的色調，六十火的一頓飯
一年一度，沒有明確邊界的光團
在天花下亮起，家家戶戶
邊緣甚至融合了
圓桌把一切聚攏在一起：
無髮的前額和女子的劉海
還有小孩口裡剛剛冒出的恆齒
大牙都因歡笑而抖動

筷子尖尖的那一端
適時在鴨腿和冬菇之前彼此相讓
雪耳中間，南北杏浮起如小船
去燥，止咳，耐咀嚼
小芋頭的圓擋住了菱角的尖
而巨大沉重那難以打開的柚子
總有父親強壯的雙手來對付

▪

父親走後，大家都說秋節又來了
我們一定要照顧好媽媽
期待中抬起頭來
月亮一天一天地變圓
還有五天，還有三天，兩天，明天

不回來吃飯了，抱歉，媽媽
難得長假，阿欣要休息
我們明早飛東京
啊，對了，我們收到
很多盒月餅
回來都給你

二〇一五年九月二十八日

送友人

——二〇一七父親節有感

父親節祝福不斷
電話響了又響
詩友的死訊傳來
如一陣啞色的風
吹散了堆疊的歌頌
散開像葉子，散開了
好比父親因前列腺肥大
而亂投的尿

等真正的兒子來抹

■

詩友是不是父親？我不知道
聽說詩寫了三千多首
把生於內陸的歡喜和哀傷
或高原獨產的崖邊之仇恨
艱難地送到海邊唯一的碼頭
有人飲馬，有人登船
有人把沉重的貨物
逐一加將起來認真地過秤

■

船開進了黑夜
滿載珍藏多年的葉子
有天然的，也有栽種的
草藥，茶葉，燒過的紅棉？
一封信，一通電話
一個印著校徽的桶形杯
還有無數讀過的小說和詩歌
以一盞案頭小燈
聚攏起來的光
滑行於摩西的嘆息之上

二〇一七年六月十八日

懷念恩信校長

——兼誌長洲女校二〇一八春同學聚會

世紀轉角之處出生的
一個女子，頑固，纏足，信基督
她挽著小髻，穿著過大的旗袍
住在只有漁民的離島
買下兩幢三層的大木樓
有陽台，有閣樓，有寬闊的廚房
地下租給一間涼茶鋪
睡房小小的，騰出更大的樓面
給肯來上學的女孩兒

▪

山路分岔之處迎來
一些大孩子，小朋友，校工和老校長
她挽著小髻，穿著過大的旗袍
看著只有四個教室的新校舍
請來十多個年輕的老師
當副校，當主任，當大哥哥和大姐姐
廁所築在泥地的遠角
沒有校長室，只有小小的桌子一張
給肯來上學的男孩子、女孩子

▪

校園老去之時她走了

就葬在島上，寂靜、安詳、面對著海浪
她挽著小髻，穿著過大的旗袍
沒有人會記得這樣的校長
只知道教會之中有個長洲堂
小學的名稱改換了，如今叫做錦江
舊生們回去一看，校舍依然
母校卻沒有了，只看見
一個七彩膠地籃球場

▪

同學老去之時她仍然活在
我們的通信組群和酒樓的圓桌上
她挽著小髻，穿著過大的旗袍
沒有人會忘記這樣的校長

各散東西之後仍有聚合的理由
小孩是小，但記憶都很龐大
她嚴肅的眼神，她毫無保養的嗓音
依舊清晰看得見，聽得見
直到我們都退休了的這一天

後記

我們的小學長洲女校後來結束了。中華基督教會繼續在同一校舍辦學，名為錦江小學。

二〇一八年四月二十二日

附錄：【區區有遊情】長洲教育曾極盛　小學歷史逾百年（二〇一八年一月十七日《香港文匯報》）

……

例如，就教育而言，居民島上教育極盛，上世紀六十年代共有八間小學，國民、長洲女校（今稱錦江小學）、聖心、漁民（即漁會公學）、漢川、順德、長洲公立學校（當地人稱為義學），還有一間較少為人知的置於人菜園的銀星小學。

……

錦江小學，其前身叫長洲女校，建於一九三五年，舊址在新興後街，即荒廢了的長洲戲院斜對面，現今已拆卸建成普通民居。學校至一九六〇年，遷往了現今山頂道西的校址，其時仍稱「長洲女校」，但已兼收男生，至一九七八年，創校校長盧恩信女士感年事已高，遂把辦學權交託中華基督教會長洲堂，長洲堂於是把之易名為錦江小學。

（作者為松睿，退休教師）

不遠處

——詩贈羈魂

看著你由一個大哥哥，變成幾個孫兒的外公
我很驚奇，雖然我知道日子是怎樣溜掉的
看著你一點一點退到運動場的邊兒上
由參賽者變為球證，再變為觀眾
甚至成了街上不相干的行人
我禁不住皺眉，雖然我也開始往外張望了
看著你唱粵曲、寫劇本，用粵劇的腔調朗誦自己的詩
甚至把詩集都擱在紅A盒子裡推到床底下

讓它們變成 WhatsApp 裡的燈謎任人胡猜
我好奇這是什麼樣的邏輯
當人人都湧進車廂強行佔據最好的位置
你卻像讓路的紳士欠身離開車門讓他人進出
還忽然想起不如就此下車吧
也許慢慢走路更好
速度從不是你的嗜好
奔跑的人逕自擦身而過
你不會拉他一把
你總是說人各有志
一場激烈的球賽也許燒紅了很多人的心
但球場外面總有個喜歡下棋的老伯伯
笑嘻嘻地與無名的高手對弈
一列快車也許運送著很多人的夢

地面上卻總得有個曬太陽的小花貓
傻兮兮地思考誰才是她的主人
我看著你漸漸變成老友記
也看著自己原來已經
在太陽下觀棋
球場就在不遠處
公園在另一邊
中間，還有一個小小的地鐵站口

二〇一五年十二月四日

五更天

第二輯

文學史

那個常來飲咖啡的人
買了咖啡就坐下，打開一本書
有時打開筆記本電腦，有時只是筆記本
有時光來瞌睡，留小半杯做尚未飲完的見證
或者又再買，買一個位子的權利
他總是不走，也沒有人趕走他
他已經有足夠的歲月
他已經有足夠的歲月

他已經有足夠的歲月
去留下一點咖啡漬
滴下的、潑下的
故意倒在桌上的
他已經有足夠的歲月
被抹桌子的嫌惡
濕布一揮
都沒了
桌子很光滑
眼角也如濕布
抹過另一個
愛飲咖啡的人
無聲地說：坐，這裡清潔

二〇一六年九月六日

結節

——觀木棉有感

受制於華麗的沉重，幾乎站不住腳
但樹的呼吸總比春霧更綿長
喧嘩的小紅幡有觀眾伸手承托
落花就由再下一層的人去扛負吧
但誰來整理亂撐的新枝？

▪

看花的人是悲傷的

而花不了解他
花不善於了解
只一味地摹仿英雄
於是他俯下身來
用手觸摸那樹幹下盤的結節
曾經向左，向右，回沉，又上升
出於泥土的堅強和艱苦
他告訴方向混亂的孩子們，成長是磨手的
但尖銳的結節之下，有清水的聲音
在最微小的細胞裡
向各方遞送

二〇一七年八月十四日

給其謙二首

（一）他們沒有拍照

沒有教授可以說服一個一年生：
他的畢業禮快要臨到——而且過去了
他們竟沒有拍照
沒有教授可以說服他自己：
他的一年生已經變成老師了
他們仍沒有拍照

■

沒有教授不是驚恐的

比起孩子，不過 one chapter ahead…

教授的影子很小。是很遠，還是很小？

沒有一年生不是驚恐的

There are so many chapters ahead…

他們沒時間拍照

■

像一個固執的漏斗

沒有大學不打開兩道門

沒有前門閒著不說歡迎你

但所有的後門都不肯說再見

所以他們尚未拍照
所以他們忘了拍照

■

沒有教授可以說服一個一年生：
他的開學禮已經臨到——而且過去了
他們沒有拍照
沒有年輕老師可以說服他自己：
他那些孩子已經成為一年生
他們沒拍照

(二) 玻璃杯子

費茲傑羅是一片梘

把許多人滑倒了
他卻是盛了水的
明礬的下午
為一本書清澈起來

▪

像一個玻璃杯子那樣
慢慢地降落
在我喧鬧的課堂
挖開一個透明的洞
保護著那點光

▪

我問他如何能夠

穿過旺角街頭的叫賣如在
女孩偏好搖滾的耳垂
以海鳥的尖喙
打出一個看得通的洞

▪

他的臉就紅了
所有同學都大笑起來
我繼續上課，又繼續備課
秋分之後的夏日一直
吵鬧到冬天

▪

有時我會回過頭來尋找

那個盛著冰塊的杯子
老師也有覺得天氣太熱的時候
但尋不著了，它已落在孩子的手裡
他們聯羣走過，咕嚕咕嚕

▪

喝著冰凍的汽水

二〇一五年九月二十三日

水彩

打開一張摺枱
看清水在瓶裡漸漸靜止

．

透明且過分敏感
聚合於筆尖
蓄勢如箭，顫抖而壓抑
從西貢或嶼南

帶回一小瓶藍色

▪

留白的是雲
要上色的
反是天空

▪

水流到紙邊
停住，閃閃發亮
努力待在眼睛裡的淚
也一樣

二〇一七年九月十四日

椅子

走過空著的長椅
和它仰望的藍色天空
草葉埋住了它的腿
我喜歡它臂彎上沒有用處的雕紋
還有木條上開始剝落的光油
但幾步以後，我已經不大肯定

■

它是不是真的空著
或者有過一疊攤開的報紙
男女共用的紙杯仍卡住飲管
點滴粉紅分手後遺落
年輕印傭的伊斯蘭帽子配上牛仔褲
幼孩對魚肉爛飯哭鬧著抗議
一件丟失的外衣流散體溫
彷彿還隱約地響著電話的鈴聲……

▪

累了，卻總要累上一會才發現
我往回走，想坐一會，看看天色
和睡蓮暫居的水池
還有那些戀愛中的攝影師

我想用麵包餘下的碎屑
與一隻衰老的鴿子交朋友

▪

但我找不到它了
我問行人，他們看著我
容忍地笑起來
你是外地人？

▪

我們這邊
沒有椅子

二〇一五年八月二十一日

恍然

——詠塞尚的《靜物》

一回頭，就給你們的色溫吸引住
燒成而非鬆上，堅定卻不逞強
含吐之間，你們的明暗回應著下午
四點鐘的成熟，以泥土的謙和
你們是一個漸漸老去的城
經過陶造，火煉，擊打和擺放
你們相遇，有時會發出清脆的聲音
有時太誠實，但也不過分
你們以身體的直徑節制自己的空間

即使在捆綁之中，依然反射亮光
碧綠而非嬌貴的艷青
灰藍卻非說謊的陰霾
有時以合宜的蓋子保護著自己
有時完全打開等待填滿的胸腹
有時張臂送出鮮美香甜的果子
有時讓這甜香流出自己的邊界
在廚房，在地鐵
在鴨寮街、金鐘和南丫島
在百年學府尋找真理的校園
在一首讚美詩不盡完美的高音之中
你們是如此的美不勝收
塞尚提早看到了
許多年後

我們才恍然

二〇一六年一月十五日

五更天

五更天了，未睡的還該睡嗎？
我不敢推窗，甚至離座
路燈是尚未清理的水盆兒
抱住一點點抖動的光

▪

季候風隱藏尖刻的抓刮聲
零星狗吠吐出黑色的石子

天空硬化了，夜，金屬起來
自覺，堅持如最薄的一片刀刃

▪

有時因被小事割得太深而羞恥
有時分不清原諒和驕傲
有時用力地忘記著誰
一面顫抖一面把冷茶喝進去

▪

冰凍的窗櫺上常有鴿子的聲音
彷彿來自想像或意志
我把茶杯放在淺窄的窗台
讓晨光稍後進駐

二〇一六年十二月二十九日

給熟睡的孩子

把你的體積如此放大的
不知是我們的恐懼，還是愛
孩子，比例並不意味謊言
謊言只暴露於被背棄的真理
但我們從沒見識過真理
在你沉沉睡去的時候
我們把天藍和草綠注射到你的夢中
儘管相信白亮的小野菊吧

在你忽然醒轉之前
但沒有人知道你何時會如此
只知道你睜開眼睛的時候
夢已經全部刪除
你且要變得和我們一樣細小
一樣，在血紅中衰微

二〇一八年六月五日

北區公園散步有感

第三輯

改變

店子換了，街道不停裝修
我們聽見電鑽的聲音
在空氣中持續，從不折斷
以為那是慷慨的冷氣
又看見攔路的雪糕筒
知道周圍會有一點點改變
於是都繞著路走，充滿期待
媽媽說好啊這以後買東西方便

妹妹喜歡那些便宜的護膚品
搞電腦的哥哥不必老遠去黃金
地車公司又多了幾個出入口
爺爺嘆氣說：不變的只有自己了
爺爺肯定：不變的只有自己了

▪

然後爺爺給變走了，雲吞麵和水果攤仍在
還友善地問起已經離開的爺爺
地產阿叔仍在，貼出來的樓盤仍在
少說一點最低的價錢，多說一點各種好處
卻是阿叔自己沒有買的，或買不起的
那個詭異清靜但永不結業的日本時裝
仍在。麵包店開了又關，仍在

賣涼茶的雖只剩下一檔卻真的仍在
三日短租有市，三公尺牆窪興滅
老花眼鏡、原子襪、冷帽和號稱純棉的床單
爺爺走後繼續展示老人需要的一切
我們嘆氣說：不變的只有我們自己了
我們肯定：不變的只有我們自己了
雖然女的已經不再購買衛生巾
男的完全不再用梳子
我們還是說
世界變了
只有我們
站得住

二〇一六年九月七日

下午茶

茶餐廳狹窄的卡位
悄悄膨脹的臨時居所
猶如孕婦的肚腹包裹著誰
燈如羊水，泡出一碟下午茶
分量減半的乾炒牛河
味之素補腦的傳說不勻地散開
閃亮亮的地溝油挑戰閃亮亮的 Candy Crash
騰出剩餘的腦力，四分一用來思考共濟會的驚天大陰謀
四分一盤算八達通夠不夠錢找數，四分一

無法不偷聽高高掛牆的新聞
十九億的撥與不撥，留四分一作關鍵決定：
鴛鴦要不要加糖，好有一點點甜味
糖果遊戲過不了關大感失望也只能省用一點了
空殼的鋼杯幾乎清空，玻璃桌面才發出
不同硬物互相擊打的聲音
卡位順產，吐出又一個孤獨的路人
他向著電話應答：吃了
但沒說那是午餐
還是晚餐

二〇一六年三月十四日

二十九年

深夜清寧，耳蝸裡有尖刀
割開一道紫藍色的縫
我的心是一個巨大的飛機場
依最長的跑道驕然裂開

▪

多少輪子曾經在此處歡快地滑行
大家轉動螺旋槳，仰頭起飛
或帶著食物和氣球

成組成群地降落
我家的沙發
那些歲月，我和天空都很明朗
我們合力，像冰球手默默一推
所有的龍門就豁然大開

▪

但裂開的道路不再迎接或告別
深坑裡有一道酸楚的河
憤恨冒煙的黑色液體
一度原是修補的瀝青？

▪

一個鑄立於地面的孩子

在對岸，憤怒地伸出亂動的手
因失控而哭著咒罵
頸項扯得長長的
像個成年人
那樣兇狂

▪

在高速擴大的黑暗裡
我已經認不出誰曾經是誰
人說這是抑鬱的徵候
我求上帝為我在沙上書寫
好聚合我的真知

▪

且請最年長的，先拿起石頭

二〇一八年二月二十五日

住棚歲月

為什麼要在帳棚裡
一住四十年？父親們
隨時把支架拔起，抽口氣就起步
母親們拿一塊布把嬰兒捲起
一手抱在懷中，一手拉著小孩
小頭顱從襁褓探出來張望
充滿水珠的舍堅拿雲柱
已亮起了晚霞似的火，一直燃燒
大光橫移，帶動了中間的帳幕

二百萬人或醒或睡，忽然都
一一站直，拍掉泥塵和枯草
拉拉老舊未破的衣裳，被鋪和家當
整個居所，盡都扛在肩頭上

▪

走路艱難，不走更難
但哪一面才是前方？
皮袋裡的水總是點滴珍惜著
先分給最小的會哭的幼孩
然後是少年的哥哥，因為他很快
就得走到最前面，與拜別神的人打仗
最後才是她，成熟待嫁的姐姐

▪

她的眼睛有長長的睫毛
每一條都閃動應許的星光
且開始懂得下垂的角度
因為新郎就站在前方
她捧著留到黃昏的嗎哪
雖然是他賜下的禮物，但她仍想
把僅有的獻給他

▪

她感覺他，如感覺
月亮最圓之時光輝膨脹的音樂
他說她必得到那不再遷移的門窗
只是她必須記念婚前的歲月

▪

每一年的秋天，她要回到
帳棚的短暫和虛無
且把曠野的小石和塵土都帶上
趕走過剩的鵪鶉，避開蠍子與火蛇
把自己打扮好，迎接婚筵之夜

■

「但這個秋節，月亮掠過曠野之時
你仍必須流浪，在這交界的地方
在應許的外沿、迦南的邊疆
在雲與火、夜與日的交叉點上
婚配已經注定，只等待禮成
來日你要回想你腿上的疲累
手心的熱汗和內頭的不安

重訪你尚在漂移的故鄉
因為你的新郎，為了你，也曾四處飄蕩
同樣住在粗糙的帳棚裡
隨著你流浪」

二〇一五年十月十四日

Glee Path

地面總是濕的，鞋底踩過
黏連的聲音如同接吻
有點像愛情，有點像愛情的產物
孩子調皮滑倒，嫲嫲就罵他
她氣昏了頭，幾乎也滑倒
幸好街坊一把撈住
海鮮檔賣完了桶蠔
人依舊蹚水來問

五金店鏽色的咳嗽
噴向路旁的的士
這邊有廁所和燒臘
並午飯的司機
運送需時，麵包的香
衝不破濃重的腥臊
粵滬口音裡，大家都說「多多」好
「聖安娜」，你會不會起錯了洋名字？
膠桶沙煲掃把撐起的老店
終於賣出了那雙35號技巧鞋
只有跳舞的肥C9知道這兒有得賣
藥材鋪的稻草人那綠眼珠的貓
佔據著醫師的摺椅，單眼檢閱大隊老鼠
等他走出來抽菸，牠就用力地吸

那是一種癮，在大天井下如水淌流
他和牠都很瘦，但極其耐活
此地不賣燕窩和蟲草
沒有斤兩的問題，只有斤兩
淮山和玉竹，黨參與茨實
配合起來，同樣滋陰補腎
直到某些人開始吵架
電腦零件才悄然離去，水果檔認輸了
滾得一地都是橙和橙色的燈光
鮮活的魚血淋淋的給劏了
大藥房帶著參茸從油尖旺蔓生過來
疊起一屋子的奶粉，奶粉和奶粉
薇甘菊跨過五個基層地鐵站
撿起死魚仍在跳動的心臟

往自己的身上放
命令它繼續抓狂

二〇一六年一月十一日

北區公園散步有感

陽光轉為金色
影子因拉長消淡
樹皮一鱗一鱗地變黃
逆光的花瓣透明地張開
奔跑的小學生喧嘩著掠過

▪

一輛貨櫃車呼嘯北去

千松抖動，遠方割開忽然又癒合
工人都抬起頭來，吸煙的吸煙
鋤地的鋤地，打噴嚏的
打噴嚏，咒罵著阿頭養的狗

▪

抓狂的母親抱起哭鬧的幼孩
一臂夾著半開的嬰兒車
搏鬥的段落把她從公園扯回家去
有人說前面尚有一個湖，幾隻烏龜
正努力爬上受光的石頭

▪

都只是些零碎的影子

落在墓前如枯乾的掃爪筆
啄食者以尖喙經年打鑿
終把老樹刻在反光的泥地上
讓我們閱讀，或著作
或不閱讀，也不著作

二〇一七年三月四日

度假的站在海邊

度假的站在海邊，手放褲袋
看著一隻又一隻鷗鳥
垂直扎進水中

▪

一身雪白，大片幽藍
帆船緩慢地移動
水平面上優雅的滑行

▪

掙扎，傷亡，腹部之
滿足和忽然清空
缺光而盲動的孵化

▪

都擺脫了詩歌
留下海岸
和戀愛中的革命者

▪

任由他們的腳在淺水擺盪
撩起點滴
水花

二〇一七年九月十三日

媽媽，我可以不學鋼琴嗎？

媽媽，我可以不學鋼琴嗎？

為什麼？彈得好好的。

老師說我的手指太短。

而且，很笨。

……

媽媽。

什麼？

我可以不學芭蕾舞嗎？

為什麼？不是跳得好好的嗎？

她們說我的腿好胖。

屁股也太大。

胡說，那有什麼關係？

小孩子就該大大胖胖的！

……

媽媽。

又怎麼啦？

我可以不學西班牙語嗎？

為什麼？那你星期六補習後

都做些什麼呀？

我們……可以去沙灘。

去沙灘？每個星期六

都去沙灘？為什麼？

因為……媽媽，因為

媽媽的身材很好
而且，鋼琴和芭蕾舞
還有西班牙語
對將來一定要做醫生的我來說
沒有什麼用。可是在沙灘……
在沙灘，媽媽叫救命的時候
我就可以練習救人

二〇一七年五月二十六日

向舅舅求救

舅舅，什麼叫做坐牢呀？
坐牢就是被迫坐在一個房間裡，
外面永遠有人在看管著你。

▪

那我就是在坐牢了。
我是被迫的。
你看，媽媽就在外面。

■

胡說，坐牢嘛，窗子上有欄柵

誰都看不見，真的！

少數親人除外。

■

舅舅，你來了我很開心。

有時候堂姐姐也會來，

奶奶來得最多——你們都是我的親人。

■

但是，坐牢是不許到外面去的！

不過，也有坐牢的人會上學，在特定的地方

還可以去看醫生，做運動等等。

■

那個人就是我嘛。

我也得上學，而且常常看醫生

累死了還要去學跆拳道

■

不是不是，坐牢的人是因為受罰才坐牢的

他們做錯了事，要用坐牢來說對不起

孩子，你明白嗎？

■

舅舅，你越說越像我了。

「好啦，你還要纏住舅舅到幾時？作業做好了嗎？」

「對不起，媽媽，我現在就做了。拜拜，舅舅，你要來探望我啊。」

二〇一七年五月二十四日

木芙蓉

第四輯

黃槐

——灌木或小喬木，分枝多，幾乎全年開花。

一路走來盡是黃槐的落魄
雨天，薄瓣點破反光的地面
像哭過的女子脫色的眼線
潰不成圖，不如抹掉
從連南到中山，從九龍塘到荔枝角
打香港起航跨過湧來的時區
尚嫌赤道那邊的英語不標準

■

但我的國語也一樣差勁
於是以手擾攘補充
兩朵黃槐在風雨中晃動
鞋子不防滑，站著時感到害怕
走在路上更動魄驚心
為了不傷害你，我左閃右避
每到一處都問其鄉人，這是什麼花
他們彼此相看，只道天天都看見
難以命名。全年開綻，也全年墜落
不斷補充，卻不懂得適時靜默
鮮黃亮麗卻不是雄獅的玫瑰
五瓣分明也不像年獸的蠟梅
說你是灌木，但你太高
說你是喬木，你卻太小

我站在你的樹下避雨
仍得打傘保護許多小黃花
如今我翻查論花的詞典

▪

為你的短淺身世思索
染不黑也漂不白
這只是普通的黃槐
在群族邊緣
落地生根的故事

二〇一六年九月五日

大頭茶

在拒絕消散的水氣之中
穿過濃密樹蔭的那些雨天
我見羊齒蕨肆意爬上更高的地段
要製造喬木和喬木之間的不安
爭奪可以插足自高的空隙
雖然你已落花遍地
它們仍咬牙切齒地咒詛你

▪

下一場風雨正在醞釀
我感到使人疲倦的濕膩
四方來襲，像壓力，也像鄙視
歷史啊你什麼時候才肯乾爽一點？
我沉重得不想再往前走一步
好像這是無法擺脱的身世
除了墜落，還是墜落
除了厭棄，還是被厭棄
直到看見無數的你
離枝落入深褐的山溝
一朵一朵幾乎密鋪大地的平面
這樣大規模拔足不歸的遷移
使我心碎

■

但泥潦包圍的樹根不是仍然吸水供氧嗎？
落花是衰亡的罪證，還是結實的歷程？
誰試過和你們逐一說話，像上帝聆聽禱告？
不知道你們心裡有什麼憂傷和恐懼
只知道無論落在怎樣的水窪裡
你們的心仍是金黃色的，不是膚淺的黃
是金黃，是從上古就發亮的金黃
雖然耷拉在變灰的殘瓣上
像給煮熟的菜
你們仍緊靠在一起
疏密有致地

▪

開洗衣店，開餐館，或者留在大學裡

用破爛的英語研究常人拒絕的事物
在一潮又一潮重複的盲動中
你們脫離日漸高大的樹幹
但你們的心實在仍是發亮的
毫無意識地，你們裡面還總有一個
觥籌交錯的滕王閣，獨自登高的陳子昂
或路過香積古寺的詩人在細細聽鐘
而我，為著那顆金黃色的心
也正站在樂游原上看影子變長、變淡
黃昏裡為落花的喬木寫哀傷的詩

▪

我說：壯碩的大頭茶啊
即使落滿一地的花

你仍必一樹通明，金蕊萬千
在清清白白那四瓣或五瓣的小家庭裡
如火焰向上，為短暫的所親愛的人
發出溫柔而細密的、金色的光

二〇一七年十一月十八日於江西三清山

盛夏紅棉

——給樹堅

你最平凡的時候，我已決定把你認出來：
栽在眾車奔馳的大路旁，開卷似的
你拉長了暗綠的袖套，裹住發燙的指尖
忍耐，使你長得比誰都飽滿
被掠過的時候，死氣的惡臭和引擎的憤怒
都無法教你蓄養意氣，或把花期提早
你對強烈的怨恨和風向搖頭
你的根柢，在天空的注視下越扎越深

你是喬木，腰板挺直，甚至生出尖尖的青春痘
那是肯垂頭才看得見的成長之棱角
小個子路人伸手把玩，指頭痛了竟自咒罵：
「這種樹沒有好心腸，花期不合時宜，長得又直、又醜」
你看著他悻悻然飄去，像目送一隻破網的蜘蛛
相遇之後也必自相忘，某一天，如同落葉
一切小事要從你身上清除
到時，你再也按捺不住那強大的微笑
關節眼上，要冒出一篇又一篇發亮的散文
在喧囂處醞釀；或連綿的詩，在寧靜中成句
寒冷的日子必定捲土再來又重去
煙雨的灰調只能鋪墊你華麗的烽火
春天，將由你的第一朵花啟動
到那時，路要因你歡樂翻飛

車子都停住、驚嘆
指尖發痛的人卻不願再回頭
鼻敏感的也都逃跑了
我脱下羊毛圍巾，從馬路的對面
向熟悉而高大的你快樂地揮手
是的，只要你按時開花
我就感到溫暖

二〇一六年八月十二日

韓信草

——中草藥，能清熱解毒，止血消腫、活血止痛，常用於治療跌打損傷、吐血、咯血等傷病。

像一束修長的水勺
你比太平洋裡最遙遠的水更藍
或者說，你就是水，深不可測
躲在大帽山雜亂的野草叢中
你是冰島仲夏小小的晚空
不知何時從大地冒起
夜深了，仍不肯暗去

▪

面向年輕的將軍，當天的你垂下了頭
他死時只有三十多歲，而你，也許更短暫
但你縫補過他身上的戰傷
延續了他的榮名
你是漂母手上最後的一點力氣
你潛伏於剛剛煮熟的飯粒
你用那透明的白和及時的香
餵飽他、安慰他，你的每一顆粒
都進駐他粗獷的青春
你讓他和他的戰士一個接一個
採服，又一個接一個康復

▪

羞辱和榮耀以外，你為他的愛命名

他因一個善良的女子而生
又因一個擅權的女子而歿
歷史如此記載，供當權者參詳
百姓卻喜歡另一種記憶：
傳說你捨身入落元帥的湯藥裡
進駐許多傷兵的肝腸和肺腑
當功業和戰績代代相傳
戰後能夠回家的兒子擁抱著母親
丈夫擁抱著妻子
她們的感激也代代相傳
你的名字簡潔，卻令人感動
韓信將軍，你離開了
因過分成功而短暫
卻又在許多小兵的心裡

留下一個一個藍色的海洋
他們為元帥哭泣的時候
就點滴滲出向海的山崗

後記

韓信，今江蘇淮安人，年輕軍事家，是漢代名將。韓信的故事很多，少年時曾受胯下之辱；又因貧窮無飯果腹，得漂絲的老婆婆以僅有的飯菜送他，始能活下去。後來他成為西漢的開國功臣。其後死在呂后手中，那時他才不過三十多歲。

韓信草，開很美麗的藍白色長花；此花有不少別名，最著名的是半支蓮，植株乃一種中草藥。傳說當年韓信受了戰傷，服此藥而康復，繼而以此治療傷兵。因此韓信亦以愛其兵將而著名。他們感激他，把此藥命名為韓信草。

《史記》告訴我們，韓信少年蒙羞、青年封侯，乃古今軍事奇才，他的一生傳奇得很。但是，在香港山頭可以看見的韓信草，卻沒記載他任何的羞辱或榮耀，只述說了他的愛。

二〇一五年八月五日

馬櫻丹

小島上從未交談的鄰居
沿著山路伸出磨手的葉子
我們總避開你多色的花蕊
叫你什麼名字才好？
外婆說你是有毒的臭草
舅舅稱你做五色梅，那卻是讚美
沒有小盆逼你的根柢自我回旋
從沒養成上進的姿態

你輾轉追尋島上微小的資源
人都說你太放縱，只知隨意蔓生
沿著石梯層層級級都有你
像一個穿迷你裙的女子
逐步拾級而上
男生都應該不看你
女生都應該看不起你
但他們都很在意
沒添加營養的泥土或定時的雨
你從未聽聞鋼琴或芭蕾舞
只讀完六年小學，就去種菜
理髮或哀求親戚帶你到遙遠的長沙灣

▪

植入假髮或成衣的族群，夢想變成牡丹
或水仙，或陳寶珠，或蕭芳芳
在伊士曼七彩的夢裡試穿一隻冷硬的玻璃鞋
每天讀瓊瑤和亦舒的小說把它變寬、變大
黃昏卻必趕回家去煮你的清熱祛濕湯
為一個粗糙的男人和他的小孩
你精心鋪設更豐滿的綠葉和新莖
直到男人說唔好怪我然後
離你而去，另植新株

▪

你哭過之後又回到了工廠，命孩子做飯
依舊鬥志昂揚，你說今晚要加班
馬櫻丹啊，你是如此堅頑

你看守比生命更長久的墳墓
你保護藏起來唱歌的蟋蟀
你的使命是照亮一切無人理會的野地
直到那地變作繁榮的花園
只要孩子成為園裡的花
你寧把苦毒拘留在自己的體內
除非惡狗或野獸來襲

▪

因此你的粉紅像任性的春櫻
你的黃像嫉妒的玫瑰
你的紫乃姊妹團結的繡球
你的蒼白留在輸送生命的蜜管裡
就在我們身邊的鐵絲網或爛尾的地盤上

你自顧自經營，自顧自好看
在新栽的單色洋紫荊下
揭露更複雜的真相

二〇一五年七月十日

石斑木

——又名報春花、車輪梅，是香港和內地常見的野花。

春天用醫者的長針
刺進你每個隱蔽的穴道
唇線間那小小的康復的紅
印象派如一種
早於道歉的寬恕
冷暖之間的風
有點猶豫，也有點尷尬
像一年未見的小女兒

▪

不知所措地顧左右而言他
她們都是祖母的親孩子
而媽媽只是又一個
新的智能手機

▪

但這是你簡體而繁雜的親筆信
爭相冒出的細節，朵朵都在按鈕上
開花。成千上萬，你小筆小筆
點畫著巨大的車輪
看似筆直的弧上，圓圈
總要繞回背後的站頭
你的家掠過，你的男人掠過
你的女兒像一個陌生的野地果

更粗糙地掠過。但火車已經往回走
如今你不再是十六歲的美貌女工
出門去的，輪到你那剛剛來潮的孩子

▪

你是負荷最重的枝頭，花苞纍纍
當遊人為你所暗示的暖日驚呼
你綻開的第五億朵報春花
仍不過病人唇上薄薄的口紅
石斑木，名字硬而且老
再美也只是個小小的針步
密密的小瓣扣連成畫
春天乃華麗的刺繡
穿在四十未夠的外婆身上

冷暖交接處，電話又響
微信打開，女兒說她今年不回鄉

二〇一六年七月二十日

咸豐草

——以為你是高貴的菊花，你卻以草為名，城裡城外毫無章法地綻放。

遇見你的時候總感到意外
像路旁歪歪斜斜的破舊自行車
靜止時依然暗示自由和速度
一條生鏽的鍊子，一把合不上的鎖，和一個黃昏
大片栽倒在地的鐵絲網，破傷風菌的陣頭裡
你任性而快樂，園藝美學的破壞者
又是舊樓老人院剛剛換上的窗子鋁框
你暗暗輸出亮光，在黴菌攻克的灰泥牆上
橫越污水的圖案和所謂安全的裂痕，像一道突兀的橋

你是九十歲的老伯伯高調戴上的銀色大耳環
叫他的皺紋忽然爆開吵架的芒刺
菲傭拉住那些名校學童掩映的絨褲中
你是拿住筲箕打撈蝌蚪的小男孩
破爛的白衣和短褲，破土而出
你卑微，卻驕傲，你的純潔不減於殘缺
我默默彎腰數點你花瓣的數目
六瓣的叫我誤以為完整
你卻忽然亮起八片均勻的告白
五瓣的，啊，我看見缺口了
你卻為那騰出的空間歡喜放肆
三瓣的像小孩在換牙，任風穿越
門牙掉落之處，你呼呼大笑
只要是白日，你總要打亂我走路的節奏

如果剛好是春天，也許我更要停下
從背囊裡掏出記憶的瓶子
讓透明的瓶口向你打開。咔嚓
我來，是要採集你身上純淨的陽光
從這片將要廢置的工地，這發臭的溝渠旁

二〇一六年四月十八日

木芙蓉

你的手板寬闊
卻不見得全無尖刻
我走近你
一點不覺你冷酷
也未感到你過分熱情
你從不壓下如沉重的巨簷
反喜歡和我並肩站立，不說什麼
你以幼身而挺直的綠色細枝

撐起每一片葉子的鋒芒
你給棱角與棱角充分的空間
看起來有點轉折，卻從不折斷
我喜歡你的感情淡薄而節制
你總能這樣，把每一片私土
保護好，同時張開更深的饒恕
你承接和反射天空的亮光
讓光線分布均平

你的花朗直而鮮明
一面衰老，仍一面綻開
一邊已是蒼涼的褐紅
一邊仍是幼嬰的粉白
凋謝的皺瓣收縮成枯拳
初綻的紋理依然伸張、輻射

在同一棵樹上，在同一朵花上
在嚴正的刻度裡你並不掩飾
年老的和年輕的誠實對照
面向時間的真相
在生與死的忙亂之中你安然
長大，拉高，只要還有一點點距離
就必看見你在這秋天
點滴傳送的
山的信息

二〇一七年十一月十五日於江西鄱陽

醡醬草

有時候，我的郊野淩亂
人不多，卻堆滿了痕跡
生鏽的鐵絲網，撕裂的膠杯
折彎的飲管和骯髒的紙巾
讓我對那些日本庭園好生羨慕
那些剪得像小平頭的灌木
那些角度準繩的石頭
一副和平模樣，一種寡言的拒絕
此刻，我拿住魚竿和沙蟲

此地，海很隨意，也很任性
我用力夾緊人字拖上唯一的人字
好像路途就只餘下這一個支點
我在下一塊礁石上尋找不多的立足處
忙亂，甚至失衡，我焦慮地捕魚
這時候我知道自己必須低頭看
認真走好每一步，避免受傷

▪

我總能在這些不算無聊的時刻
發現你正毫無章法地呼喊著春天
一朵，兩朵，或一整叢擁擠著
在水泥乾後斷裂之處
在石縫之間，或垃圾塵堆裡

你潑辣地營生。你的葉子
不辨西東，堅持三分天下
像三顆心以尖端連結
比愛情多出一點點
比賭局少卻一個人
聽說，這就是友誼
綠蕪開合之處，葉色中的三道幼縫
透露著幸運的奢想，像在說
可一、可再，失敗之後仍有第三個機會
你並不高舉情緒，信念卑微而堅實
當沉重的鞋履不在意地擦過之時
你就向最不在意的眼睛說話
用你的五瓣嫣紅
用那些精細的、微彎的線

用那些淡綠色的好客的小花窩
日出而放，日入而息
你沒有什麼意涵或品味
當一切的花都在自憐或自拍
尋找合宜且襯色的理由或節日
你甚至行色匆匆越過了隆冬
時間趕急，你一點都不文青
你插隊落入薄弱的泥衣
當別人斜斜戴上帽子向上建立形象，你就扎根
並向橫爬動，無孔不入地走進最臭的公廁
日頭最猛的工地，或任人指罵的小更亭
甚至停定在後巷老鼠賽跑的水喉邊
你們聚集，分工，勞動，抽煙
胡亂說笑話，買兩罐啤酒帶一罐回家

憤憤扔掉一張不中的六合彩
把小女兒放在肩膊上
之前也不好好洗手

▪

我停下來尋找和你對話的機會
只見你相應地高大起來
我說幸運的是你沒被誰拔走
你說因為此地並非庭園
我說大概這兒有點亂
尤其是對錯和口音
你說這種環境才安全
因為你討厭議員和烈士
我們就開心地擊掌

作為日後再見的保證
為了好好生活，以後我還要回來
你用一朵花的小瓣，五次點頭說再見
又送我三開的圓葉，為我祝福
我離開的時候，竟看見這城
確已落入荒野的秩序
和因此冒起的春天了

二〇一七年十二月十一日香港荔枝角

作者簡介

胡燕青，香港基督徒寫作人。祖籍廣東中山，五十年代生於廣州，八歲來港定居。在香港接受教育，畢業於伊利沙伯中學及香港大學文學院，主修中文和比較文學。曾任香港浸會大學語文中心副教授，設計並教授語文及創作科目。二零一四年退休，目前為翻譯編輯及香港浸會大學語文中心榮譽作家。中學開始寫作，作品包括新詩、散文、小說、少年兒童文學及閱讀隨筆，後亦從事翻譯工作。作品包括《摺頁》、《無花果》等詩集，《好心人》、《過程》等小說集，《一米四八》、《野地果》等中篇少年小說，《蝦子香》、《帳幕於人間》等散文集。

文學創作獎項

香港市政局中文文學獎詩組冠軍（〈問夜空〉）（一九八一）
香港市政局中文文學獎散文組冠軍（〈彩店〉）（一九八五）
基督教湯清文藝獎（文學組優勝獎：《我把禱告留在窗臺上》）（一九九八）
基督教湯清文藝獎（卓越成就獎：《一米四八》）（一九九八）
第五屆香港中文文學雙年獎（新詩組首獎：《地車裏》）（一九九九）
第五屆香港中文文學雙年獎（兒童文學組首獎：《一米四八》）（一九九九）
第九屆香港中文文學雙年獎（新詩組推薦獎：《摺頁》）（二〇〇七）
第十一屆香港中文文學雙年獎（兒童少年文學組推薦獎：《野地果》）（二〇一一）
第二十二屆中學生好書龍虎榜十本好書之一（《好心人》）（二〇一一）
第二十三屆中學生好書龍虎榜十本好書之一（《剪髮》）（二〇一二）
第十二屆香港中文文學雙年獎（散文組首獎：《蝦子香》）（二〇一三）
香港金閱獎（十本最佳文史哲書：《長椅的兩頭》）（二〇一六）

香港金閱獎（十本最佳文史哲書：《帳幕於人間》）（二〇一八）
香港基督教金書獎（文學類：《開鎖人的曲別針》）（二〇一八）
香港藝術發展局頒發之藝術成就獎（文學藝術）（二〇〇三）

教學獎項

香港浸會大學校長杯傑出教學獎（香港浸會大學語文中心最佳教師，二〇〇一）
香港浸會大學校長杯傑出教學獎（香港浸會大學最佳教師，二〇〇九）
香港浸會大學校長杯傑出教學獎（香港浸會大學文學院最佳教師，二〇一三）

責任編輯：羅國洪
封面設計：FACTASY

書　　名：木芙蓉
作　　者：胡燕青
出　　版：匯智出版有限公司
香港九龍尖沙咀赫德道二A
首邦行八樓八〇三室
電話：二三九〇〇六〇五
傳真：二一四二三一六一
網址：http://www.ip.com.hk
發　　行：香港聯合書刊物流有限公司
香港新界大埔汀麗路三十六號
中華商務印刷大廈三字樓
電話：二一五〇二一〇〇
傳真：二四〇七三〇六二
印　　刷：陽光（彩美）印刷有限公司
版　　次：二〇一八年十二月初版
國際書號：978-988-78987-6-4

無花果——胡燕青詩集

書中的詩並不難明白，但淺白中卻包含了很多作者的感受和經歷。家人、好友、基層生活、家庭和社會的破碎與分裂、信仰和世道的角力……，以上的均是詩的題材，是作者希望透過詩句，與讀者分享她的所思所想，並與讀者溝通。

香港藝術發展局全力支持藝術表達自由，本計劃內容並不反映本局意見。